Il ne restait plus une tanière d'ours dans la forêt entière.

«Je crois que les hommes veulent rester seuls sur la terre ! dit la mère ourse. Alors même qu'on ne s'attaque plus aux maisons ni aux gens, alors même qu'on se nourrit de fraises, de fourmis et de verdure, on n'a plus le droit de vivre dans la forêt.»

«Le merveilleux voyage de Nils Holgersson» Selma Lagerlöf.

Avec nos remerciements à André Etchelecou et François Merlet

Loi n° 49 956 du 16 juillet 1949 sur les publications destinées à la jeunesse : septembre 1994
Dépôt légal : septembre 1994
Imprimé en France par Aubin Imprimeur à Poitiers-Ligugé

PESTOUNE DES PYRÉNÉES

Texte
de Colette Hellings,
Illustrations
de Claude K. Dubois

ARCHIMÈDE
l'école des loisirs
11, rue de Sèvres, Paris 6e

Les primevères montrent leur nez, l'herbe vert tendre commence à pousser, c'est le printemps.
Sur la montagne, Papillon sort de son hibernation.
Il s'ébroue, se roule dans la poussière et mange des fourmis cachées sous les pierres.

Comme tous les deux ans, Papillon traverse la vallée pour rejoindre Pestoune, la femelle ourse. Vite, il se précipite dans le ruisseau après avoir osé franchir cette chose inerte et bizarre qui ne sent ni la terre ni les feuilles : une route !
Papillon n'avait jamais vu cela ! Et il trouve plus agréable de poser ses pattes sur la terre et dans l'eau que sur le macadam ! Bien rafraîchi, Papillon continue son chemin.

Il arrive au rendez-vous habituel, mais des engins bizarres avancent avec bruit.
Papillon a peur, il se cache.
Il a envie de fuir, mais son odorat aigu lui indique que Pestoune n'est pas loin.
Enfin, les machines s'immobilisent, les êtres humains s'en vont, les oiseaux recommencent leurs chants.
Prudemment, Papillon et Pestoune sortent de leurs cachettes et se retrouvent.
Ils se reniflent bruyamment, se lèchent, puis fuient loin de ces engins d'humains.

Ils s'enfoncent dans la forêt à la recherche
d'un endroit sans danger.
Des bruits d'autos résonnent dans le lointain.
Où aller ? Ils cherchent durant des heures…

Même dans la forêt profonde,
l'être humain marque son passage.
Les papiers gras intéressent beaucoup
les deux gourmands.
Papillon a découvert
un morceau de viande !

La nuit est tombée, Papillon et Pestoune trouvent enfin un refuge.
Ici, dans la vallée, les seuls bruits sont le vent dans les feuillages,
le couinement d'une souris ou le hululement d'un hibou au clair de lune.
Dans ce coin de paradis, Papillon et Pestoune s'unissent pour avoir des petits.

Au lever du soleil, des voix humaines font sursauter Pestoune.
Elle réveille Papillon et ils se sauvent.

Ils traversent précipitamment un torrent.
Papillon se tourne en grondant
afin d'intimider les gêneurs.
Mais personne ne les a suivis !

Jour après jour, Papillon et Pestoune
vivent ensemble tels des nomades.
Ils se nourrissent de poissons fraîchement pêchés,
de framboises sauvages, de myrtilles,
de fraises des bois et de larves d'insectes.

Plusieurs mois ont passé, les feuilles mortes commencent à tomber.
Papillon et Pestoune vont se séparer.
Ils se retrouveront dans deux printemps… quand le petit
que Pestoune porte sera en âge de vivre seul.

Quand l'hiver arrive, Pestoune a aménagé une tanière.
Elle dort sur un lit de mousses et de feuilles,
ne mange pas et, dans quelques semaines, dans un demi-sommeil,
elle mettra au monde son ourson.

Tout à coup, Pestoune est réveillée
par un touriste en quête d'images.
Elle se redresse menaçante, grognant
et montrant ses dents.
Le touriste s'enfuit.
Reste dans la caverne
un objet qui effraie Pestoune.

Laissant là sa tanière violée et cet objet étrange, elle part à la recherche d'un autre abri.
Pleine de courage, elle marche dans le froid. Son ventre lourd lui pèse.
Enfin, elle trouve un refuge…

… où naît : Pâquerette.
Elle pèse 300 grammes, a un duvet gris clairsemé et ne voit pas. Grâce à la douce et chaude fourrure de sa mère et à son bon lait très nourrissant, Pâquerette grandit vite.

A trois semaines, elle pèse déjà 500 grammes et ouvre les yeux ;
son pelage est plus abondant.
Sa maman, Pestoune, ne dort que d'un oeil !
Elle veille sur Pâquerette et passe de longs moments à la lécher.

Revoici le printemps, Pâquerette a quatre mois. Elle pèse trois kilos et
se tient sur ses pattes arrière, elle a une belle fourrure brune, comme sa maman.

Pestoune lui apprend à pêcher et à nager.

Elle lui apprend aussi à grimper rapidement à la cime d'un arbre.
En cas de danger, Pâquerette pourra ainsi se cacher…
mais elle rouspète en poussant de petits gémissements.
Pestoune pousse l'indocile d'un petit coup de tête.
Pâquerette est tout en haut. Elle peut descendre se réfugier
dans la fourrure de sa maman.

Aujourd'hui, Pestoune joue à lutter avec Pâquerette. Pâquerette pousse de toutes ses forces sa maman quand… une détonation retentit. L'écho fait trembler toute la vallée. Pestoune et Pâquerette vont se réfugier dans la tanière de l'hiver…

… mais, dans la nuit, Pestoune emmène
Pâquerette avec elle.
Elle sent qu'une catastrophe est arrivée !

Elles arrivent toutes les deux à l'endroit où Papillon est mort.
Les braconniers ont emmené son corps afin d'utiliser sa peau.
Restent, sur le sol, des traces du combat.
Pestoune hurle dans la nuit.

Le temps passe, l'automne est de retour.
Pestoune apprend à Pâquerette comment se nourrir avant l'hibernation :
Elles mangent énormément de faînes, de baies, de glands et de châtaignes afin de grossir.

Pâquerette a participé à l’aménagement de la tanière.
C’est le dernier hiver qu’elle passe auprès de sa mère.

Les ours vivent seuls et Pâquerette a deux ans.
Elle doit se séparer de sa maman.
Elle continuera à grandir et, quand elle aura quatre ans,
elle pourra rencontrer un ours avec lequel
elle aura un ou deux petits oursons…
si toutefois, il reste encore des ours en vie !

Pour en savoir plus :

Après l'hibernation, l'ours fait le «pet de l'ours»: Il expulse le bouchon de fiente durcie qu'il avait constitué en mangeant des aiguilles de pin.

L'ours a l'appareil digestif d'un carnivore mais la denture d'un animal omnivore. Il se nourrit principalement de baies, de fruits, de champignons, de certaines fleurs, d'insectes, d'escargots, de grenouilles, de poissons, de taupes, de mulots et de cadavres d'animaux. Son met préféré est le miel. Parfois, il s'attaque aux animaux d'élevage comme les chèvres et brebis.

L'ours brun des Pyrénées mesure environ 1,80 m et pèse de 100 à 160 kg. Il peut courir à 40 km/h, sauter une longueur de 6 m et bondir à une hauteur de 1 m50.

L'ours peut dormir sur le dos, sur le ventre ou sur le flanc, comme l'être humain. Ils sait s'accroupir, s'asseoir, se dresser et marcher debout.

Les ours s'expriment en grognant, en soufflant, en grondant, en grommelant, hurlent de douleur, rugissent de colère. Avec ses petits, la mère, gémit, grogne, feule et bêle pour les appeler.

L'ours est un animal intelligent. Il a une excellente mémoire et aucune modification de paysage ne lui échappe. Il étudie les situations et réfléchit avant d'agir.

Bibliographie :

«L'Ours, seigneur des Pyrénées» de François Merlet
Edition Erables